산그림자

박미향 시집

시 : 고향 하늘
시낭송 : 박영애
스마트폰으로 QR 코드를 스캔하면
시낭송을 들을 수 있습니다.  QR코드

시음사
도서출판

자신에게 열정적인 시인

자신의 생활을 윤택하게 하고 살아가는 의미를 찾을 줄 아는 사람은 열정이 있어야 할 것이다. 그러하다면 열정적인 사람이 되기 위해서는 지금 자신이 하는 일을 사랑해야 한다. 자신의 삶과 일에 애정을 가지고 즐길 줄 아는 사람이 되어야할 것이다. 우리가 살아가면서 어떤 계획에 따라 몰입하다 보면 그 속에서 목표가 보이고 그러면서 희망했던 것을 성취하게 되는 소중한 경험들을 가지고 살아간다. 이것이 자신만의 행복을 추구할 줄 아는 사람일 것이다. 박미향 시인을 지금까지 지켜보면서 느낀 점이 바로 열정이라는 단어다. 문학인으로서 가져야 할 열정을 모범적으로 보여 주면서 꾸준한 작품 활동을 하는 시인 바로 박미향 시인이다.

몇몇 소수의 천재만이 새로운 것을 창조하고 성공신화를 만들어 내는 것이라는 생각들을 하지만 노력하고 자신의 삶을 영위할 줄 아는 사람이 가장 큰 행복을 느끼며 행복한 마음을 가진 참된 아름다움을 지니고 새로운 것을 창조해내는 사람일 것이다. 박미향 시인은 자연적인 서정시를 많이 집필하는 시인이다. 산을 좋아하고 그 산속에 숨어 살아가는 모든 생명체와 대화를 하면서 시인만의 독특한 시각으로 사물에 의미를 더하고, 시인만의 자아를 섞어 비유하기도 한다. 자연을 사랑할 줄 아는 시인이기에 섬세하고 부드러운 작품들을 보여주고 있다. 이번 박미향 시인의 시집 "산 그림자"가 많은 독자로부터 주목받기를 바라며 추천하고 싶다.

사단법인 창작문학예술인협의회 이사장 김락호

시인의 말

산이 좋아 산 속을 넘나들며 머물다 보니
이런 영광의 자리가 반겨주었습니다.
시인이란 꿈속에서만 그리는 그림인 줄 알았습니다.
가슴 찐한 사랑이야기도 아니고
그냥이란 말 그대로
마음 편하게 와 닿을 수 있는 독자와 함께하는 시
나도 이런 마음인데, 너도 그랬니.

이렇게 편하게 말할 수 있는 마음.
이 마음으로 평범한 시인되어 길가에
맴도는 풀 한포기라도 소중히 여기며
삶의 애환을 그리는 마음과
맛이 난다는 느낌을 가질 수 있는
평범한 시인으로 거듭나게
많은 사랑 바랍니다….

시인 박미향

산 그림자 하나 ▲▲

산 그림자 둘 ▲▲

산 그림자 셋 ▲▲

산 그림자 넷 ▲▲

▲▲ 산 그림자
하나

당신 떠나온 그곳
나무 한 점 없이 휑한 바람만이네
저 넓은 하늘 아래
고향이 각기 다른 삶의 진실
가슴 시린 고향 찾을 날을 기다린 세월
눈앞에 보이는 고향 하늘 아래
눈시울 적신다

길 잃은 사슴

등 줄기 위로 흐르는 빗물
하얀 운무 속에 가려진 산하
깊은 수렁 밟으며 온 산을 휘저어 본다
어느 골짜기에 들어섰나
앞이 캄캄하며 갈 길이 보이지 않아 헤맬 때
무서운 기운이 온몸을 감싸며
고요한 적막 속에 혼자가 돼버렸다
불현듯 엄마가 그리워
수 없이 불러보는 이름이여

등성이 올라 사방을 둘러보니
빨간 지붕 아래 펼쳐진 마을
길 잃은 사슴처럼 넋 나간 모습
섬은 보이지 않고
애꿎은 씀바귀 한 가방 담아
빗소리에 취해 보련다

심 산행

당신의 깊은 속은 어디일까
알 것 같으면서도 늘 헤매이며
이것일까 저것일까
아리송한 느낌

만지면 깨지고 터질 것 같은 속 내음
음습한 곳에 숨어
그리운 속 그만 태우고
환하게 웃어 보이는
내 품에 안기세요

철마산 도토리

계절을 속일 수 없나 보다
봄 여름 지나 어느새
잠자리 맴도는 가을 하늘
높다란 뭉게구름 위에
한 폭의 그림을 그리며

가을 햇살 멈추는 철마산
깊은 골짜기 타고 올라
산들바람의 향기가
등 뒤로 흐른 땀의 향기로 씻어 날린다

청설모의 훼방도 관여치 않은
발등에 밟히는 도토리 아우성
미끄러지듯 내 달리며
당신이 가꾸어 놓은 길 위에

먼저 가신 어머님의 모습
한알 두알 주워 만든 도토리묵
향긋함이 입에 맴돌며
눈시울 뜨거워 **빰** 위에 흐른다

계방산 과메기

넓고 푸른 바다에 있을 넌
어쩌다 예까지 왔나
생이 여기까지 인가 보구나
활개를 치지도 못하고
뭇 사람들에 손에 이끌려
속까지 싸아악 비우고
마른 장작 되어
계방산까지 날아온 너

널 잡아 먹으려
늦잠을 뿌리치고
가방 가득 넣어 끙 끙
산등성이 오를 때
왜 그리 무거운지 넌 모르지
맛난 널 훔치려 달려든 입
20마리 과메기 잔치는
눈 속에 묻혀 오물오물

시린 손 호호 불며 들어간 내장 속
비릿한 향기에 취해
호미곶 추억 찾으러
능선 넘어 바다에 빠진다

만물상

일백 여섯 굽이를 돌고 돌아
곰 바위 우직한 모습은
지상 낙원 그리다 돌석이 되었나
만물상 골짜기에 흐르는 당신의 인생
만 가지 형형색색 꿈꾸며
천성대도 그리고
망향대도 그리고
하늘 문이 반겨준 당신은
온 천하 누비며 흐르는
절묘한 바위들의 넋
귀하게 생긴 당신의 발자국 속에
흘러가는 구름이라 할지라도
개골산 만물상의 우아한 자태는
당신 품 안에 담겨 있으리라

메밀묵

메밀꽃 향기 그윽하게 풍기는 곳에
당신과 마주앉아
묵직한 맷돌에 두 손을 맞잡고
쓱쓱 싹싹 돌아가는 소리

겨울에 먹는 별미의 메밀묵 무침
김치를 송송 썰어 연탄불 위에 얹어놓고
달 달 볶아대며 겨울밤을 지내기 위한 밤참
시원한 동치미 국물에 길들어진 메밀묵

밤과 낮으로 고생하신 모습
고향을 그리는 마음도
어머니를 그리는 마음도
겨울이 지나고 봄이 오는 길목에
추억을 찾으려 넋두리하며 이 밤 지샌다

고향 하늘

하늘 아래 그리는 넓은 마음
두고 온 고향 소식에 눈시울 적셔보자
아버지 살아 실제 늘 그리는 모습은
두고 온 고향 산천 쳐다보시며 한숨지으시고
두메산골 언제 가보나 하는 꿈 꾸시며
한평생 물지게 한 번 안 메시고
하얀 그리움 쫓아다니셨지

지금의 난 고향 하늘 지척에 두고도
당신 그늘에 가려진 세월 탓으로 돌리고
바쁜 일상에 묻혀 기지개 한번 켜지 못한 삶
나 또한 하얀 그리움 쫓아다니네

당신 떠나온 그곳
나무 한 점 없이 휑한 바람만이네
저 넓은 하늘 아래
고향이 각기 다른 삶의 진실
가슴 시린 고향 찾을 날을 기다린 세월
눈앞에 보이는 고향 하늘 아래
눈시울 적신다

벚꽃

꽃망울 늘어진 사월에
갈색 머리 휘날리듯
눈송이 되어 바람에 떨어질 때
먼저 가신 모습 가슴 찐하게 시려온다
길가에 핀 너를 보며
어머니 마음속을 들여다 보며
어린 시절 가난했던 추억에 묻혀
애야 우리 꽃 구경 가자꾸나
다 큰 자식 앞세워
채비를 시키며 앙탈을 부린다
늙어가는 어미 마음처럼

그리움

당신을 그리는 그림은
내겐 없는 줄 알았는데
까만 밤이 하얗게 지나도록
당신을 그립니다

당신을 그리는 그림은
주머니 속 작은 휴대전화에서
당신의 소식을 기다립니다

당신을 그리는 그림은
비 내리는 쓸쓸한 날
우산 속에서도
당신을 포근히 감싸줄
그림을 그립니다

당신을 그리는 그리움은
세찬 바람 맞으며
옷깃을 여미는 코트에서도
따뜻한 당신의 손끝을 기다립니다

하루하루 당신을 기다리다
목이 긴 사슴이 될지라도
보고 싶은 욕정에
당신 품에 안기는
그림을 그려봅니다

자반 고등어

짭짤한 향기의 비릿함이
지평선 넘어 육지에 다가올 때
조그만 등에 봇짐을 메고
산으로 올라본다
어둠을 헤치며 오르는 길목에
뽀얀 뭉치 하나 등에서 반짝거리며
길 안내를 해준 자반 고등어 봇짐
추억에 사로잡히는 119명의 회원
줄줄이 이어 오른 두타 청옥산에
비릿한 향기와 새코롬한 땀 냄새
당신의 그림자라도 찾을 듯이
먼 기억 속에서 헤매이며
가슴속에 묻어둔 그리운 모습 꺼내보자

장미

가시가 돋친 세월 육십 년
꿈 많은 시절도 잠시
화려하기보다는 서러운 시간
세월의 어둠을
환하게 밝히고자 무던히 애쓰며
한 많은 자리에 앉아
아름다운 정열 불태우려
그렇게 모진 세월 기다렸나 봅니다

향기가 가득한 오월에 가신
한 송이 장미처럼 화려한
육십여 년의 긴 시간이지만
허무하게 떨어져 버린 꽃잎
마음에 피어날 그 날까지
버팀목이 되어 후세에
길이길이 영원하소서

별

무수히 많은 별
그중에 내 별은 어디에 있을까
인생을 살면서 하늘을 바라보며
저것이 내 별일까
이것이 내 별일까
밤하늘에 빛나는 별처럼
아름다운 삶을 영위 할 수는 있을까
가지가지의 삶은 모두의 소망
팔십오 년의 긴 별들의 여행도
막을 내리는 순간에
당신의 삶은 참 복된 나날
수많은 역경 속에서도 굴하지 않은
당신의 아름다운 별 속에
그림자처럼 떠도는 영혼도
당신의 그 길에 안주할 것입니다
고난의 세계를 벗어나
편한 쉼터 찾아 영면하소서

선생님

어느 세월 자라서 어른이 될까
안타까운 모습에
마음 담아주시며
온갖 정성을 다해 주시던 선생님

이런 놈 저런 놈 가리지 않고
기나긴 세월 제자 사랑에
잔주름만 남아 가슴시리네
오매불망 보고 싶은 마음 안고 살다
사십여 년 세월이 훌쩍 지난 지금
우리도 어른이 되니

지난 세월 속을 하나둘 기억해 주시던
선생님의 그 사랑 아직도 그립다
칠십의 연세도 아랑곳없이
지금도 인자하신 그 모습
하하 허허 호탕한 그 웃음소리
다시 그리운 우리 선생님

양탄자

당신의 길 위에 눕고 싶어
언제나 새로운 기분으로 찾아갑니다
소나기 퍼부은 후 뽀얀 운무에 걸터앉아
당신의 깊은 구석까지 갖고 싶습니다

신비로운 모습으로 변하는 봉우리마다
만지면 날아갈 듯 애틋한 그곳
솔바람 시샘 속에 살갗 애이며
너울너울 춤사위는
신선 되어 머문 당신 사랑과 함께
행복이 주마등처럼 흐릅니다

쑥부쟁이

보랏빛 반짝이는 설렘
청순하고 가련한 모습
실바람 불어 살갗에 여민다
아비의 마음은 서글퍼 하늘만 쳐다보니
시린 가슴에 멍이 든다

어미의 모정에
제비처럼 달려든 입
먹어도 먹어도 속이 차질 않은가
늘 울기만 하는 새끼들
다 시들고 난
쑥부쟁이 한 움큼 쥐어틀고
운명에 몸을 맡기어 본다

송편

하얀 가루 덮어쓰고
동그랗게 빚어
솔잎에 걸터앉아
온갖 요염 다 부려도
달구어진 찜통 속에
잘 익은 그대는
엉클어진 모양새
향기로운 군침만 맴돌 뿐

소슬 문에 기대앉아
기다리는 어미 마음
집 나간 형제들 한곳에 모여
한바탕 웃음꽃이 번지고 난 후
쓸쓸한 초가지붕 아래
잠자리 맴돌다
가을 하늘 먼 곳으로
날갯짓하며 날아오른다

설악산의 꽃

영혼의 신비인가
당신을 오르고 싶은 욕망
사계의 화려한 분신
골짜기마다 맴도는 희열
수많은 세월 속에 다져진
너덜지대의 아찔함이 스미는 황철봉
바라만 보아도 황홀한 공룡능선
한바탕 춤 사위에 날고 싶은 화채능선
굽이굽이 돌고 도는 천불동의 멋진 석불
용아 장성의 거대한 풍채
백담사에 내리는 은은한 풍경소리
운무에 가려진 당신의 성 안에
파고드는 그리움을 찾으려
헤메이다 머무는 곳

유월에

싱그러운 잎이 가득한 유월
가지가지 열매들의 합창
오디 한 주먹 입에 넣어
오물오물 혀끝에 맴도는 향기의 추억
하얀 운무의 날갯짓에 휩싸여 포로가 된
애도의 숨결이 손짓하며
짓궂은 영혼들의 발버둥인가
세월 속에 묻혀버린 서러운 시간
이제는 모두 잊고 싶은데
마음은 먼 기억 살려 보네

8시간

산으로 오르는 순간에
헉헉 숨이 차오른다
지리산 종주
긴 8시간의 사투
희열과 자만이 성취감을 만들어준다

4번에 걸쳐 산행을 마무리했지만
힘든 경험을 하고 난 후
찾아드는 포만감에 빠져
오르는 욕망과
내려가는 공허한 마음
홀로 외로운 투쟁 속에 머무는 산행
많은 시련이 있을지라도
64회에 걸친
대간의 종주를 만끽하기 위해
한 잔의 건배를 기다리노라

보경사

내연산의 좌우로 뻗은 12폭포를 등지고
물보라 찬란하게 일으키며
아름답게 펼쳐지는 계곡의 은폭포
구름다리를 휘청이며 건너가 보는 연산폭포
햐얀 물거품에 휩싸인 관음폭포
잔잔하게 흐르는 시명폭포
함성이 내 가슴을 녹이며
보경사의 12폭포는
나를 사로잡고 놔주질 아니한다
보현암의 조그마한 정자
오색구름이 덮인 곳을 보고 찾았다는 유래와
팔만보경을 묻고 절을 지었다는 보경사
오층석탑을 뒤로한 채
내연산의 유물을
가슴속에 영원히 묻으며
그리운 행복감에 물들어 본다…

사랑은 어디에

흔한 게 사랑이라지만
그 사랑조차도 내겐 없는 것 같다
이슬 한 잔 취하는 밤이면
더 그리운 사랑 타령이
물밀 듯이 밀려든다

돈 없고 복 없는 인생 삶이
구질구질한 사랑도 외면해 버리는
밀물과 썰물이 교차로에 머문
살아가는 것조차 힘든 하루

가슴 속 여미는 사랑은 어디에
당신과 마주 앉아 밀어를 속삭이며
아름다운 미래를 꿈꾸는
그 사랑 어디에

행복

소낙비 주룩주룩 내리는 날에도
당신과 함께하는 공간이 있어 행복하고
바람 부는 언덕에 올라도
당신과 함께라면 좋겠지

하얀 눈 속에 묻혀 공생할 수 없어도
장미꽃이 아름다운 정원을 거닐 때도
당신과 함께라면 행복할 거야

은은한 커피 한 잔을 마셔도
높은 하늘 맴도는 고추잠자리처럼
커피 향이 머무는 그곳에
당신이 그리움 되어 날아오겠지

십년지기

수많은 세월의 속삭임
당신들과 만난 시간과 공간
웃음도 행복도 슬픔도 모두 한자리
아픔만큼 성숙해진다는 현실에

십 년이란 긴 세월
강산이 변해도 무지기 수 일진데
변하지 않는 당신들의 마음
수많은 우여곡절도 가슴에 담고
새로운 도전을 향해
달려가는 당신들이 있어 좋아

격려와 환송이
슬픔과 기쁨이 두 배로 더 해가는
십년지기 당신들과
영원히 사랑에 빠지고 싶다
아름다운 삶의 활력소가 되길 기원하며
긴 세월만큼 앞으로도 변하지 말자

눈사람

데굴데굴 구르며 만들어진 넌
하얀 눈밭에 다소곳이 앉아
손 아귀 크기에 따라 맴돌며
동심의 나래를 넘나들며
산등성이 돌고 돌아서
온 천지 백설 떡으로 덮었구나
너 만큼 커다란 떡이 어디 있으랴
맛나게 먹을 순 없지만
눈요기 하기엔 너무 아까운
마음 가득 삶의 언저리에 붙어
뒹굴 뒹굴 지나간 세월만 탓하리

멧돼지

치열한 삶의 흔적인가
당신들의 먹거리 속에 파헤쳐진 자리
혹여 해가 되지 않을까 노심초사
가슴 조여드는 두려움이

잽싸게 내 달리는 당신 모습에
가슴이 철렁철렁 소리 없이
내려 앉아 혼이 나갑니다

살기 위해 몸부림치는 순간은
전쟁터를 불사르며 달리는 대포알처럼
얻기 위한 온갖 시련 속에
처절한 몸싸움 벌이며 생명의 연장을 위해
발버둥 치는 하루하루가 무심하다

대둔산

가을이 저무는 날
태고사에 울리는 풍경소리에
아미타불의 번뇌에 사로잡혀
힘든 하루 일상에서 벗어나
낙조대 올라서니
수평선 저 멀리 밀려드는
하얀 운무의 흐드러짐이
평온한 마음의 세계에 빠져
마천대에 올라보니
늘 수많은 인파 속에 물들지 아니하고
굳건하게 제자리 지키며 서 있는 모습은
층층계단 이백이십 계단의 피곤함을 풀며
흔들흔들 금강 구름다리 올라보니
사바의 번뇌와 세속의 출렁임에
흔들흔들 뒤 흔들어 희석해가며
가는 님 오는 님 마음 속에 머물면
영원한 동반자의 평행선

여성 봉

둥글고 커다란 신비스런 바위
궁디를 닮아서 여성 봉은 아닐 테지
뭇 사람들이 밟고 지난 자리에
움푹 파인 것이 음양의 이치
나신이 되어 파고드는
어쩜 넌 그리도 맵시가 날까
모든 이의 사랑 속에
허물없이 살아온 삶이
세속에 물들지 아니하고
한 폭의 거울 만큼이나 청결하게
도도히 흐르는 양분
고귀하고 멋스런 너의
본능 속에 꽃 피우는 여성이여

숲 속의 하루

싱그러운 유월의 햇살
숲 속 나들이에 넋이 나간다
아까시 향기의 유혹
종달새 하늘 높은 지저귐
개미들의 이어 달리는 아우성
느릿느릿 기어가는 벌레들
그들의 삶의 터전에
방해꾼 불도저
시끄러운 소음도 아랑곳 없이 날갯짓한다

넓은 숲 속 나들이엔
아름다운 삶의 하모니
이따금 들리는 우렁찬 비행기의 질주

한가로운 오후
뭉게구름 발코니 사이로
시원한 솔개 바람 살갗을 스치며
등 줄기 흐른 콜콜한 국물
아름다운 유월 숲 속 나들이는
아까시 향기만 나풀거린다

▲▲
산 그림자
둘

한가로운 오후
뭉게구름 발코니 사이로
시원한 솔개 바람 살갗을 스치며
등 줄기 흐른 콜콜한 국물
아름다운 유월 숲 속 나들이는
아까시 향기만 나폴거린다

밤의 요정

잔잔한 호수에
파문의 물결이
가슴 시리도록
아픔을 준다

그리운 마음
향수 되어 바람에 실려 오고
고독 밤
너울거리며 다가오는
혼백마저 춤추며
휘청거린다

원죄는 누구에게나
공평하다고
가슴이 텅 빌 때까지
가는 어둠 붙잡고
기다렸던 절기

얼룩져가는 땅에
흐르는 강물이
잠자는 듯
꿈꾸는 듯 스며들어
사랑한다는 말
잊을 수 없어
거울을 자꾸만 들여다 본다

잔나비 걸상의 비애

겨울 나뭇가지에 매달린
멋진 모습에 빠져
설원의 경지도 잊은 채
발걸음을 멈추게 한다
쭉 뻗은 나무 위 고운 자태
희열과 환상을 주는 힘
설원에 두고 싶지만
이내 당신의 몸둥이를 낚아채
돌아서는 마음 어쩔 수 없어라
욕심이 마음을 가만두지 않는 것이
인생의 멋이 아니런가

심봤다

당신 찾아 삼만리
험한 구석구석 산 속을 뒤지며
어여쁜 당신 모습을 그려 본다

낙엽 속을 뒹굴며 눈에는 광채가
도도한 자태를 본 순간
심봤다 심봤다
두근두근 이 마음을 누가 알까
유월의 따가운 햇살 아래 찾아온 당신
잊을 수 없을 것 같다
향기가 아름다운 당신

더덕

향기를 닮은 당신이기에
세상에서 가장 멋진 삶

스치며 지나는 인연에
넋두리하고 앉으면
당신의 향기에 정신 놓으며

흙에서 왔다 흘러가는 인생이지만
저만치 밀려드는 파도처럼
밀려왔다 밀려가는 삶이

어두컴컴한 흙 속에 묻혀
다 자라지도 못한 채
사람들의 손아귀에 잡혀
아름다운 향기만 콧등에 머무네

칠봉산

하얀 눈 속에 빠진 겨울
사브작 사브작 정상을 향해 올라본다
당신의 자리는 늘 한가로운데
줄지어 오르는 임들의 행렬은
나름대로 행복의 사색에 잠기며
웃음꽃이 핀다

최상의 만찬이 진을 치고
먹거리에 군침이 돌고
보글보글 끓어 넘치는 파편
매서운 바람도 쉬어가는 모퉁이에 모여
빈속 가득 채우며
입가에 찾아온 행복

하산길에 미끄러질까 조심조심
시원한 약수 한 잔에 목축이며
하루 동안의 힘든 고난도 운동

인생

지구가 돌듯
우리네 인생도 돌아보자
쓰디쓴 이슬 한 잔에 돌고
가슴 아픈 이별 두 잔에 돌고
빙빙 돌며 돌아가는 세상
내가 돌면 당신도 돌고
당신이 돌면 내도 돌고

인생 살면서 이름 석 자 남기고 살면
잘 살고 가는 삶 아닌가
대박도 있고
돈벼락도 맞아보고
그렇게 둥글둥글 지구가 돌듯
살아가는 게 참으로 아름다운 생을 사는 거지

생일

컴컴한 그 속에서
열 달의 어둠을 헤치며
아름다운 세상에
으앙 소리와 함께
힘차게 박동을 하며 나왔다

뭐 가진 것도 없이 달랑
몸둥이 달려 나왔지만
차츰 자라면서 세상을 알고
젊은 시절 꿈도 가져 보았고
나름대로 주어진 삶에
열심히 살아왔지만

눈가에 주름진 모습뿐
혼자 덩그라니 남아 있는 것 같아서
왠지 모를 허탈감에 빠진다

앞으로 남은 수많은 세월 속에
못다 한 일들이 있다면
그것들을 위해
남은 시간 널 위해 봉사하리라
내가 사라지는 그 날까지

랍스타

커다란 집게발 앞세우고
바닷속을 헤집을 땐
무척 활기찬 모습이었습니다

당신을 잡아 먹으려면 얼마나 힘이 들까
생김새와는 달리
아주 보드랍고 윤기나는 뽀얀 속살에
넋이 나간 모습을 아십니까

묵직한 다리에 걸터 앉을 수 있다면
내게 달려들어 낚아챈다 해도
기꺼이 따라갈 터인데

당신의 보드라운 숨결 소리마저
듣지 못하고 살아온
인생의 묘미를 알게 해준 오늘
내 생애 최고의 선물이었습니다

지울 수 없는 지우개

당신 때문에 아픈 사랑
상처 되어 가슴 시릴 때
깨끗이 지울 수 있는 지우개 있다면
아프지 않아도 될 것 같은데

우린 이별 같은 거 하지 말자던
달콤한 밀어는 허무한 메아리
당신 향한 가슴속 도화지에
빼곡히 채운 낙서는
아무리 지워도 지워지지 않아요

소리 없이 흐른 눈물 속에도
깊게 드리워진 당신 그늘이 그리워
지우개를 들고 망설이다
차마 지울 수 없어
긴 긴 하루가 낯설기만 해요

글쟁이

길가에 맴도는 풀 한 포기
이슬 영롱한 아침도
가을 하늘 맴도는 고추잠자리
프리지아 향기에 취해도
글쟁이 마음은 훼방꾼

들녘에 피는 들꽃도
개구쟁이 아이들 소꿉놀이도
아름다운 글귀도
글쟁이 마음은 욕심쟁이

낚시에 미끼 달아 내려놓아도
좋은 글 안 써지는
머릿속은 뱅뱅 돌기만 하고
이 모두는 글쟁이 마음이네

아들

작은 몸뚱이 하나 속 채우는 일
뭐가 그리 힘겨울까
공깃밥 한 그릇에 허기진 배 웅크리며
고래고래 소리 질러본다
밥 언제 주는데
호강 아닌 호강을 한다는 것이
즐거운 것인지 서러운 것인지
해보지 않은 투정에 아들 왈
우리 뭐 해먹을까
응 아들이 해주는 것이면 모두 다 먹어
왠지 서글퍼진다
바보라는 핑계도 좋다
보리밥 먹던 시절도 아니고
슈퍼에 가면 모두 다 차려주는 밥상
다 큰 어린 엄마는 눈물이 흐르며
대견하다 어느새 저렇게 자라
엄마의 시중에 군소리 없이 해낸다

낚시

저녁노을 내려앉은 조그만 호숫가
낚시 가방 덜렁 메고 찾아온 그곳
세월의 낚음인가
붕어와 줄다리기해보자

밤에만 피는 요정들의 아름다운 물결
야광 찌들의 춤 솜씨
제법 무거운 놈의 손맛에
감촉을 느낀다
낚아올린 무게만큼 짜릿함이
세상 다 내 것인 듯
환호성이 절로 월척이다

밤 기온에 싸늘함도 잠시
어느 새 채워지는 그물 속
강태공들의 입가엔 웃음이 번득
새벽달 어스름 기울 때
지난 시간 아쉬워 동트는 아침
허여멀건한 웃음 지어본다

동태와 콩나물

한줄기 후끈하게 달아오른 열기
씩씩거리며 훔치듯 들어가는 목구멍
멀뚱멀뚱 동그란 눈동자엔
뽀얀 화색이 도네

하얀 네 속살만큼이나
달콤한 사랑이 있을까
우리 곁에 머물며 입맛 돋우는
동태와 콩나물

뼈저림의 아픔도 잠시 잊은 채
시원하게 날려든 넌
먹고 즐기는 인생에 있어
찜 속에 푹 빠진
향기로운 맛에 취해보련다

외출

이른 아침 집을 나서니
가슴이 콩닥콩닥 어느 모습일까
최전방의 골짜기는 온통 부대 부대뿐
인적은 없지만 평화로운 곳
가을의 신선한 공기에
들녘에 머무는 황금빛 물결
씩씩한 그 모습 장하네
대한의 아들 육군 보병
너의 장한 모습 그리며
어미는 삶의 현장으로 옮기는
발길 무겁기만 하여라

사량도

비가 부슬부슬 오는 날
미끄러운 바위를 조심조심 오르며
뽀얀 안개에 휘말려
앞 뒤 사방이 보이지 않아도
그렇게 갈망하던 사량도 지리망산
탄금 바위와 옥녀봉에 이르니 오랜 전설이
눈앞에 횡하니 눈시울 적시네
여인의 한이 넋두리 되어
비가 오면 바위가 핏물이 된다고 하네
한 많은 사량도에 빠져 헤어나지 못했으리라

봄

개나리 진달래
봄은 화사하게
꽃으로 장식하며 오는가
겨우내 움츠렸던 기지개 활짝 켜고
땅속 끝과 산꼭대기부터
한 걸음 한 걸음 조심스레 밟으며

거리를 활보하는 뭇 사람들의 시선
두터운 외투가 아닌
가벼운 점퍼 차림에서 봄은 오네

우리네 삶은 엔도르핀이 넘쳐나며
정녕
이 봄에는 싱싱함이 가득한
아름다운 모습만 보며
즐거움만 흐르게 하소서

붕어

미끼를 끼워 물속에 사뿐히 내려놓으면
물그림자 그리는 사정놀이에
붕어들과 전쟁이 시작된다
맛난 먹거리에 눈이 멀어 간 붕어
털썩 입에 넣는 순간
휘리릭 낚아채는 강태공의 날렵한 날치기
어디서 그런 매혹을 만져 볼까
묵직한 손맛의 경지를 붕어는 알까
밤비가 부슬부슬 내리는 저수지 야경은
강태공들의 야심만 부추긴다
월척이란 희망을 안고
열심히 챔질하는 강태공들의 비애
오늘도 내일도 또 기다려 본다

이삿짐

케케 묵은 땟자국
툭툭 털어 보자기에 옮길 때
지난 추억에 사로잡힌다
어머님의 손 때 묻은 질그릇
홀로 가신 모습
눈물 적시며 여운을 남기네
오십 평생 그려온 발자취
새집에 나래 펴고
부푼 꿈 그리다
다시금 먼지 솔솔 피울 날
언제나 그랬듯이
또 이삿짐 싸고 있을까

입영장

깊고 깊은 어두운 뱃 속
열 달의 허우적거림도 잠시
밝은 세상 구경하려
뒤집어 놓았던 그때
넌
뼈만 앙상했던 모습이
마음을 더 아프게 했지

수줍어 말 못하는 봉선화처럼
조용하기만 하였고
어려운 세월 훌쩍 지난 지금
대학을 가고 군대를 간다니
듬직한 네 모습에
어미 마음은 속 좁은 밴댕이
눈물이 가리는구나

삶에 있어 너의 필수품인데
내 아린 속을 아들은 알까
마음속에 맴도는 사랑을

소래포구

갈매기 날아들고
뱃고동 소리 울리며 만선을 노래하고
쌩하니 바닷바람만 출렁인다

좌판을 벌여 놓고
광어가 물 좋습니다
우럭이 좋아요
도다리도 있어요
소리치는 아낙네들

저녁노을 물드는 포구는
저마다 삶을 영위하기 위해 애를 쓴다
한 점 부끄럼 없이

부뚜막 인생

온종일 조그만한 네모 속에서
너하고 씨름한다

마늘 양파 빨간 당근 속에
아름다운 미각을 내려
기름에 튀기고
프라이팬에 볶아 대며
맛깔스러운 음식에 혼을 붓는다

구슬 같은 땀방울에
세월 흐름도 잊은 채
하루하루 같은 일상에 지치지도 않는구나
용광로 같은 불덩이 끌어안고
사랑스러운 가족을 위해
귀하신 손님을 위해
부뚜막 인생이 되어
허물어지는 황혼길에
붉은 노을 적시며
오늘도 부뚜막에서 아침을 열어본다

주꾸미

펄펄 끓어오르는 샤부샤부 냄비 속
주꾸미 스멀스멀 몸부림친다
살고 싶은 욕망일 텐데
우리네 삶이
주꾸미를 집어삼킨다
까만 먹물 속에 하얀 알이 가득
톡톡 터지며 깊고 긴 터널 속에 안주한다
컴컴한 갯벌 속에서
제 삶을 다하지 못하고
어부의 손에 잡혀 식탁에 올라온
스테미너 최고의 맛 주꾸미

물왕 저수지

봄부터 여름까지
아름다운 시절 다 보내고
가을이 보고 싶어 거리에 나섰다

네온사인이 번득이는 불빛들의 잔치
오색 무지개 단풍잎 노래하고
길 카페 커피 향에 취해
연인들의 속삭임은
세상 살아가는 이야기일까
하하 호호 웃음소리 물 건너 저편에
살포시 내려놓고

군밤 장수 아저씨 신이 난다네
맛이 나는 군밤 입안에 돌돌 구르니
해 가는 줄 모르는 물왕 저수지

월미도

저녁 노을 내려 앉은 바다
하나 둘 호화로운 불빛 속에
넘실대는 수평선 물 그림자
붉게 물든 바다에 잠기며
땅거미 자욱해도 지칠줄 모르며
외쳐대는 난전판의 소음
살아가는 인생의 멋

산등성이 너머에 떠오른 하현달은
뭉게구름 속에 흔들리는 초상화
한 폭의 멋진 유화 되어 흐른다

강촌에 살고 싶다

별빛이 빛나는 아름다운
병풍처럼 둘러싸인 검봉산
산새가 잘 어우러진
아름드리 전나무가 곱게 자란 강촌
솔잎이 폭신거리는
문배주가 빚어내는 맛
그곳이 강촌이라네
난 그래서 강촌에 살고 싶다

불길

활 활 타는 불길 속으로
뛰어들고 싶다
모든 상념 버리고
미친 듯이 네게로 가고 싶다 지금

봄에 피는 빨간 목련 꽃처럼
붉은 빛깔의 지닌 낙엽처럼
지워지지 않는 과거를 묻으려
네게로 뛰어들고 싶다

세상의 거친 파도처럼
이글거리는 저 빨간 불길에
내 몸도 함께 누워 보고 싶다

훨훨 타는 저 불길 속에
도난당한 텅빈 마음처럼
모두 잊어버리고
내일의 희망을 꿈꿀 수 있게

또 다른 너의 불길에 앉아서
수많은 사람이 오고 가는 거리에
난 네게로 뛰어들고 싶다
영원히 꺼지지 않는 내 영혼을 위하여

구정물

세상의 모든 더러운 것들을
깨끗이 씻어주며
제 몸은 돌보지 아니하고
온갖 서러움에
비판도 많이 받으며
너의 구정물에 들어갔다 나오면
그 또한 깨끗한 보석이 되고
이 푸념 저 푸념
여인들의 한 서린 이야기 세상
너의 모습이 환하게 웃어주는
지난 추억 물들이며
살아갈 날이 있을까

▲▲ 산 그림자
셋

넓은 평전에 펼쳐진 그리움
수 많은 세월 속에서도 변하지 않고
만인의 연인이 되어
신선대 문수봉을 친구삼아
영원히 머물고 싶은 당신을
가슴속에 묻으며
먼 훗날까지 두고두고 잡아두겠습니다

속리산 가을

가슴에 품을 수 없어 끝없이 달려간 사랑
굽이굽이 펼쳐진 아름다운 풍경
가을바람 들이대며 흔들어
빨간 선혈의 욕정
바위에 매달려 하소연해도
묵묵히 서 있기만 한 당신
목마른 사슴 되어 몸부림치니
휑하니 부는 바람만 탓하리오

한결같은 마음 가다듬어
사랑한다 말하고 싶지만
이내 감추고 돌아선 바보
가슴앓이 품고 살아온 세월
깊어가는 속리산 가을 속에 묻어보련다

오덕산에서

사랑하는 당신과 함께
바스락거리는 낙엽을 밟고
구르몽의 시를 조아리며
헉헉 몰아쉬는 숨소리
깊은 골짜기로 빠져들어
하염없이 뒹굴고 싶다

가랑잎 굴러가는 소리에
까르르 숨 넘어가는 웃음을
당신과 함께 하고 싶다

파란 언덕의 보금자리
낙엽속에 움츠렸던 겨울이 지나고
파란 새순이 솟는 봄날엔
당신과 함께
아름다운 그 길을 걸어 보리라

곰취

두근두근 가슴안고 먼 길 달려본다
어느 만큼의 모습일까
어여쁜 당신 모습 그리며
꿈에서 만나는 임의 그림자
한발 한발 다가서는 당신의 자리에
온통 설레는 가슴 콩닥거린다

하얀 웃음의 함성이 달려든다
곰 발바닥을 닮았다
먹음직스런 당신의 자태는
어느새 입속 가득 침이 고이며
꿀꺽 침 넘어가는 소리
아그작 씹어 댄 당신을
나무라진 마세요

지치

만지면 터질 것 같은
작은 꽃망울
보드라운 손길 같아
겨울바람 들이댄다 해도
여린 가슴 감추며

고운 자태를 훔치려
어두운 지하 깊은 곳까지 파헤치고 보니
곱게 내려선 당신의 나체를 본 순간
흥분의 도가니 속에 젖어든다

이 마음 벙어리 냉가슴 앓아 누운 듯
아름다운 당신의 붉은 선혈에
흠뻑 취하고 싶다

공룡능선

칠흙 같은 어둠 속을
이마에 조그만 꽃등을 켜고
눈 비에 젖어버린 한계령
질퍽대는 축축한 냉기
4시간의 긴 사투끝에 오른 최고봉
대청봉을 사로잡은 구름 속의 바다
하얀 구름 위에 피어난 해돋이
눈앞에 펼쳐지는 불덩이의 유혹

희운각 산장에 걸터앉아
조반을 하며 웃음꽃이 피고
지난 추억도 새기며
무너미 고개를 지나
공룡능선길에 들어선
당신과 최상의 만찬

커다란 바위들의 조각
오르고 내리며 환희에 젖어본다
나한봉 마등령 너덜지대
세존봉의 아름다운 풍경
화려한 단풍이 물드는 계곡
금강굴에 울리는 목탁소리
비선대 청아한 바위
12시간의 긴 사투
승리의 초월감에 밀리는 최대의 선물
가슴에 두고두고 새기며
그리운 세월
한 장 한 장 꺼내보리라

무룡산의 눈

행복한 웃음꽃인가
뽀드득거림의 발자취
밟아도 밟아도 끝이 없네
굴러도 굴러도 아프지 않네
무릎 깊숙이 빠져도
당신의 길은 늘
신비 속에 꿈틀거린다
사계를 넘나들며
오고 가는 발목에 시달려도
불평 한마디 못하고
묵묵히 지켜주는 당신을
사랑합니다

월출산

영암의 기암절벽
수 많은 곳에 봉우리마다 꽃 피는 당신
구름다리 위에 머무는 동안
좁은 구석에도 아름다움이 숨결
보는 이의 마음이 아찔하다
천왕봉 오름의 즐거움이
저만치 밀려든다

세속에 때 묻지 않은 자연의 숲길
일출이 아름다운 당신의 길목에
가을 단풍 드리우는 그림자 벗 삼아
당신과 데이트에 빠져본다

꿈과 사랑

너 아니면 안돼
나 너 사랑해
로맨틱한 사랑 고백
백마 탄 왕자는 아니라도

만나면 미칠 것 같은 로맨스
이 세상에 너 밖에 없어
달콤한 속삭임의 밀어

시원하게 내리는 비를 맞고 걸으면
말없이 다가와 우산을 받쳐 들고
향긋한 미소로 답하고
강풍이 불어 날아간다 해도
내 앞에 턱 버티고 서서
바람을 막아줄 그런 당신

장미꽃 한 다발 안겨주며 사랑해
귀여운 나의 보배
꿈이라도 좋다
당신과 함께하는 사랑놀이가

당신 곁에 머물고 싶다

당신 곁을 찾고 싶은 밤
술 한잔 마시면 더 간절히 밀려와
목소리가 그립고
숨결이 그립고
당신 손길이 그리워진다
주고 싶은 마음과 받고 싶은 마음은
아름다운 사랑의 멜로디인데
서로 밀고 당기며 눈치만 살핀다
생에 마지막 삶이 허락한다면
당신과 함께 저질러 버리고 싶다

염색

젊게 보이고 싶은 충동을 참을 수 없다
아름다운 오색 물결에 휘감기고
사랑하는 당신도
좋아하는 색에 맞추어
마음에 쏙 들게 염색을 하면
정열적인 빨강이 좋을까
넓은 바다처럼 푸르게 물들일까
뭉게구름처럼 뽀얀 하양이 좋을까
술에 취하면 모두 예쁘게만 보이는 것처럼
아 부러움 가득 채우고 싶은 욕망을
당신과 함께 물들이고 싶다

석병산

불볕더위 기승을 부리는 석병산
이마 타고 흐르는 구슬같은 땀
굽이굽이 들어선
아름드리 소나무
구름 체 꽃향기 유혹
도란도란 인생길 여유
깊은숨 내쉬며
되돌아온 삶의 회상
바쁜 일상에 휘말려
삶은 감자의 정취도 잃어버리고
내일로 향하는 길목에 서성거리다
당신과 만나는 날
행복한 시간이 된다

해명산

사각의 링 안에서
언제나 퍼주고 맞으며
하얀 꽃 그림자 밟아가며
짭쪼롭한 바닷냄새
솔바람 불어주는 봉우리
해명산 낙가사에 젖어오는
하얀 꽃 무지개
그녀의 짜릿하고
비릿한 소금의 향기는
언제나 당신 가슴에 파고든다

짝사랑 굴레

영원한 짝사랑 동반자
늘 그 자리에 계시지만
보고 싶으면 달려가 만날 수 있어
가슴 설레며 기다림 속에 살아갑니다

새싹이 파릇파릇
돋아나는 모습에 취하여
깊은 숲에 시원한 바람 찾아 들어
아름다운 꽃잎에 취해 만나고 싶고

빨강 노랑
단풍에 취해 오색으로 물드는
당신이 보고 싶어 찾아들며
온 대지 눈 꽃을 만들면
하얀 꽃 무지개 취해 찾아듭니다

언제나 당신 계신 곳이면
사랑의 굴레 속을
쏜살같이 달려갑니다

파도

수평선 멀리 달려오는 하얀 물보라
거센 파도 몰고 오는 바람에
물거품 되어 사라져도
모래성을 쌓아본다
철썩철썩 출렁이는
즐거운 비명 메아리로 들리며
당신 향한 수많은 님들의 발자국
너털 웃음소리만 그윽하여라

신발

인생의 짧은 삶에 있어
당신 없으면 하루도 못 사는
동글동글 굴러가는 바퀴처럼
분신 속에 피는 꽃이네

달콤한 이슬과 더불어 아침을 맞아
해지는 들녘에 머무는 무거운 그림자
갈지자로 매달려 돌아가는 삼각지
하염없이 헤매다 누워버린 보금자리

기쁨과 슬픔의 교차로에 서성이며
수 많은 터널 속의 행렬도
모두가 허상이 되고
소중한 당신의 길 위에 앉고 싶어라

그림자

외로움을 달래기 위해
당신이 올 수 없어 찾아갑니다
보름달 환하게 비추는 당신 모습은
언제나 황홀하기만 합니다
새벽하늘에 빛나는 별처럼
정겨운 친구같이
포근하게 느껴집니다

사랑 찾아 헤매는
철새가 되어 날아다니다
그리운 마음에 달려가지만
낙엽이 뒹구는 가을에
당신의 그림자가 너무 그립습니다

고운 낙엽길에 당신을 밟으며
계곡 아래 머무는 사랑의 굴레
당신 품에 안기고 싶습니다

소백산

하얀 그리움 찾으려고 올라본 소백산
꼭대기엔 누가 있을까
보기에도 황홀한 당신일까
하얀 눈 속에 검은 눈동자 들이대며
살짝 눈웃음 쳐주는 당신
광활하게 펼쳐진 등성이 아래
발자국 뽀드득 남기며 걸어가고
주목에 묻혀 당신 사랑받으며
세차게 밀려드는 억새 바람도
시샘하나 보다 우리 사랑을
당신과 함께하는 아름다운 사랑을
소백산 눈 속에 피워보자

문장대

오랜 기다림에 밀려
당신을 찾아봅니다
더위에 지친 몸 달래려고
조그만 오솔길에 머물며
구슬 같은 땀도 식히며
바위에 매달려 줄타기 곡예사도 불사르고
한 걸음 두 걸음 당신 향해 달리며
쾌 쾌 묵은 군살도 빼고
가슴 두근대는 소녀같이
당신 모습 그리며 한 아름 달려가
늠름하게 계시는 당신을 만났습니다

넓은 평전에 펼쳐진 그리움
수 많은 세월 속에서도 변하지 않고
만인의 연인이 되어
신선대 문수봉을 친구삼아
영원히 머물고 싶은 당신을
가슴속에 묻으며
먼 훗날까지 두고두고 잡아두겠습니다

사랑하고 싶다

로맨스든 불륜이든
아침이슬 영그는 설움에도
보고 싶은 당신이 있다면
달려가고 싶다

드라마를 보며 눈시울 적시는 날에도
사랑하는 당신이 없어
달려가지 못한다

가슴 저린 상상에
오금을 펴지 못해도
사랑하는 당신이 없기에
애꿎은 가슴만 친다

나 없이 못산다는 당신은 어디에
꼭꼭 숨어계실까
사랑하고 싶다
사랑하고 싶다

살아가는 이유

고요함이 머물 수 있는 공간
잡초 같은 인생길
무엇을 위해 무엇을 얻으려
이 모진 세상에 뛰어들어
밤낮에 허물어지는 날
하루하루 거미줄 매달리듯
살아가는 긴 영혼 줄에
넋이 나가본다

순수하게 달려든 공간
무서운 야생마 달려들어도
포도청 앞에 선 삶
인생공부 역겨워
하루에도 몇 번씩 돌아보며
좌충우돌 춤추는 여인

컬컬한 막걸리 한 잔
쓰디쓴 소주 한 잔
시원한 맥주 한 잔
목 넘김이 알싸한 양주 한 잔
살아가는 이유가
너무 아픈 시련인가보다

목련

담장 넘어 뽀얗게 달아오른
열아홉 순정
싱그러운 향기 그립다

사월이 아름다운 목련
보고 싶단 말도 못한 채
그리다가 지난 세월
하얀 목련 꽃 떨어질 때 쯤
당신 오시려나

겨울 속의 봄

꽃망울 톡 톡 터지는 소리
하얀 목련 그늘에 하늘이 곱다
부슬부슬 내린 봄비에
산천이 평화로운데
명지산 꼭대기엔 겨울이 왔다
어제 내린 비가 아닌 눈이 되어
임들의 가슴에 파고들었다
하얀 눈 속에 담겨 있는 봄의 여정
흐르는 것을 잡을 수 없다 했나
일사분기를 마지막 채우는 날
봄을 재촉하는 눈 속에서

대전의 밤

어둠이 자욱이 깔린 산야
구불구불 오르는 당신 모습에
콩닥거리는 설렘은
가슴에 밀리는 전율처럼 달려들어
황홀하게 만들어 준다
백설이 자리한 밤의 끝자락에
콧등에 쌩하니 부는 바람이
눈시울 적시며 맞이한다

오색의 금 물결이 시가지에 머문
식장산 꼭대기
수 없이 많은 세월 속에서도
변하지 않고 기다려줄
당신을 뒤로한 채
이별의 긴 시간이 아쉽다

주작 덕룡산에 가다

밤 이슬 맞으며 주작 덕룡산에
새벽바람 일으켜 오소재를 올라본다
먼동이 트는 동녘 하늘에
빨간 얼굴 봉곳이 입술을 내민다
온통 나신이 되어
정열의 발작이라도 벌리려나
한 발짝 두 발짝 내게로 달려든다
한 아름에 안고 싶은 충동
당신 속으로 빠지고 싶은 욕구
불타는 욕망도 잠시
굽이굽이 돌고 돌아 입맞춤하고
바위 틈새 매달려 한바탕 씨름을 하고
긴 여정이 끝나는 순간은
당신의 매혹에 넋이 나간다
짜릿한 쾌감 속에
당신이 주는 그리움으로

운무

마음의 휴식을 위해 찾은 감악산
당신 곁에 머물고 싶어
천 리 먼 길 달려왔지

뽀얀 속살 그리운 듯
감우리를 칭칭 휘감은
당신의 애환을
벗겨도 벗겨도
벗길 수가 없더이다

운무에 가려진 깊은 골에
당신 모습 숨겨 놓고
먼 산 끝에 매달리는 바위만 덩그러니

맑은 햇살 고개 들이대니
아름다운 당신의 고운 자태
한올 한올 벗어내며
걸어 잠겼던 빗장을 열더이다

사이버 친구

언제부터인가
빠져들었다
아무것도 모르는 삶 속에
만나면 즐거웠고
아쉬워하는 마음속에
밤새워 토해버린 찌꺼기
인생의 뒤안길에
사랑도
미움도
이별도
새로운 삶이 되기 위해
사이버 속에 빠져버린 친구가 좋다

은행나무

가을이 저물어 가네
아름드리 은행나무
노란 옷 입고
발길 머물게 하고
바람에 떨어지는
낙엽을 보면
내 마음 서러워
가는 세월 붙잡고
하소연한다
장대 같은 은행나무
쳐다보는 이 없어도
언제나 그 자리
어지러운 조명 아래
고독을 사랑하기에
떨어지는 낙엽을 밟으며
체념으로 채운
찻잔을 비우고 싶다

만 원의 행복

바람 타고 날아온 헤즐넛 향기를
사랑하는 당신과 거닐며 마시는 길 카페일까
드라마 주인공처럼 멋진 남자의 데이트 신청일까

내 속에 머무는 흐뭇한 환상일지도 모르는데
달랑 만 원 한 장의 행복이
동화 속에 나오는 신데렐라가 그리운 것처럼
감동 어린 눈빛으로 다가서는
내 안의 당신은 누구일까

가랑비 오는 길에 당신과 나란히
해물파전에 동동주 한 잔이 좋은가
지폐 한 장의 즐거움이 왜
행복하게 그리워지는지

▲▲
산 그림자
넷

잘난 사람도 못난 사람도
이 바람을 맞으며
새로운 기분으로 축하와 경이를
모두가 한마음 되는 염원을 기리며
활기찬 미래를 여는
바람을 맞이하자

시산제

산기슭에 올라 제단을 차려놓고
사과 배 밤 대추 떡
돼지머리 올려놓고
깃발의 한들거림에
허공에 두 손을 합장하고
산을 오를 때 무사고를 바라며
한 해를 무사히 지내려고
마음의 안정을 찾으려 하는 행위일까
저마다 다른 생각에
산 사랑하신 님들의 영전에
머리 숙여 제를 올린다
일만 원 지폐 한 장이
입으로 끼워지고
귀때기에 꽂혀 헤벌레 웃음 짓고
벌름벌름 하늘로 치솟은
커다란 돼지코에도 한 장
떠들썩한 제단 앞에 모여
앞날의 평온을 그려보자

멧동바위

안생달의 술 도가 마을을 지나
작은 차갓재도 지나며
황장산 멧동바위 앞에 서서
또 한 번 당신의 마력에 빠집니다

칠십도 경사의 당신 모습은
환상 그것이었습니다
허리춤에 로프를 매고
서로 당기며 오르는 멧동바위
살짝 얼음이 반겨주기 때문에 더 신비합니다

저 깊은 골짜기도
하얀 눈 세상에 아름다움이 펼쳐지는
겨울 산행의 묘미
힘을 주고 오르는 나만의 자만심
쌀쌀한 차가운 바람
꽁꽁 얼어붙은 발아래 바닥까지
당신의 매력에 취해
암릉도 오르며 가파른 내리막길도
마다치 않고 당신 품에 안기려
우린 언제나
당신이 그리울 것입니다

향일암 일출

어스름하게 새벽이 밝아오는
고요한 아침 바다
검은 먹구름 사이 빨간 선혈의 빛
지평선 너머 작은 고깃배 불빛도 반짝
해맞이에 추운 줄도 모르고
검푸른 바다 한가운데
봉곳이 솟아오르는 당신
황홀하게 밀려드는 모습
정열의 발자국 남기려
당신께 달려가 안기고 싶다
희망을 가득 안고 돌아서
부처님 성전에 두 손 모아
가족 나라
한마음 되는 날 기다려보자

약초 산행

잠 못 이루며 설레는 가슴 안고
해장 한 그릇에 요기를 채우며
두근두근 누가 먼저 할 것도 없이
처녀 산행으로 어느 애인이 반겨줄까
첫눈에 들어오는 삼지구엽초 취나물
바람이 있다면 심 봤다
이 소리 크게 외쳐보는 일인데
눈을 크게 떠 여기저기 기웃거린다
산새는 봄옷에 꽃단장하고
그리 쉽게 보이지 않는 산삼
처녀산행에 삼지구엽초로 마음 달래며
발그레한 웃음 지어본다

소망

이른 새벽 부시시 눈을 비벼
가슴 가득 희망을 품으려
어둠이 내려앉은 새해 첫날
산을 오르는 해맞이 산행

코끝에 매서운 바람이 차고
입가에 번지는 야릇한 미소
수많은 인파 속에 묻혀
소망 한가지 잡으러 오른다

형제봉에 이르니 내 설 자리 없네
첫날에 가져보는 마음들
복 된 삶과 행복을 꿈꾸며
새벽잠 설치며 모여든 인생길

저마다 소망하는 일들이
성취하기를 바라는 기도 속에
동녘 하늘 저편에
선혈을 드러내며 봉곳이 피어난다

아, 붉게 물든 산하
온통 함성의 도가니
첫날에 맛보는 환희와 열정
그렇게 갈구하던 바람이
무엇인가 잘될 것 같은 마음
하나 되는 순간
기쁨과 희열 속에 서로 부둥킨다

동충하초

가슴이 멈출 것 같은
귀한 약초에 넋이 나가본다
모든 것이 신비롭고 가슴 뿌듯하다
심이 아직 눈에 아른거려도
꼭 그것이 아니어도 좋은 다른 뭔가
기다리고 있다는 사실이
새로움을 추구하는 길목에
동충하초가 나를 반겨준다
칡 꽃의 아름다운 향기 속에
설레는 가슴을 뒤로하며

다람쥐

살아가는 인생이 다람쥐 같다
동그란 원형 안에 돌고 돌며
아침에 나갔다가 저녁에 돌아오는
반복된 삶이
즐거운 일이던 슬픈 일이던
매일매일 반복되는 생활이
다람쥐 같은 삶을 살아야 하는가
더 넓은 곳에 도전을 하고
더 넓은 곳을 향해 달려갈 수는 없는 것일까
인생 사는 거 별거 아닌데
이렇게 고달픈 생활의 연속인지
오늘도 내일도 다람쥐 바퀴처럼
돌고 돌며 살아가야 하지 않는가

월척의 꿈

바람난 망아지처럼 쫄랑쫄랑 따라 나선다
낚싯대 드리우며 시간이 흐르고
챔질하는 아낙네
월척을 바라는 마음
소나기 내리는 이 밤에
찰랑찰랑 일렁이는 찌들의 춤 사위는
온갖 요염을 다 들이대도
붕어는 간 곳이 없네

지렁이 춤 사위에 놀란 붕어인가
흔들린 우정의 꿈인가 현란하게 움직인 찌
잽싸게 낚아채니
제법 무거운 놈이다
손맛이란 기분이 이런 것
너도 오늘은 운이 없는 게로구나
힘없는 여조사한테 딱 걸린 것이

감자

네 모습이 화려하기를 위해
무던히 참고 지내온 시간
곱게 차린 밥상에
봉곳이 앉아본다

강판에 가는 아픔을 참으며
뜨거운 불판도 이기며
아름다운 쟁반에 앉은 널
입맛이 서로 다른 님들이지만
내 입에는 네가 제일이구나

삶이란 인생길에
귀한 보물이 되고자
밀고 땡기는 세상에
한 알의 밀알을 거두는 시간

집

별들은 마주 보면 반짝이고
들꽃은 여명의 빛을 기다리는데
나는 어디로 가야 하나
길 잃고 헤맬 때마다
온기가 스며드는 집을 생각한다

힘든 일상과 씨름할 때
호화로운 별장이 아니더라도
작은 몸 뉘일 곳 있는
공간이 있음에 얼마나 행복한가

하루 일에 지친 몸
실오라기 하나 걸치지 않아도
흉 보는 이 없는 내 쉴 곳
작은집이 반겨줌에 마냥 행복해진다

집으로 옮기는
발걸음 소리 들으며 느끼는 행복
내 삶의 터전에서
행복의 꽃씨를 심어야겠다

포커

일곱 장의 승패
누구나 쉽게 그리는 행운이
열 장도 아닌 일곱 장 속에서
쉽게 얻으려는 욕심이 생긴다

세상이 그리 만만하더냐
손아귀에서 돌고 돌리며
옆 뒤 앞
남의 패에 눈 흘기며
이기고 싶은 욕망

욕심이 없으면
살아가는 재미도 없을 터
일곱 장의 승패 속에
울고 웃는 인생

재래시장

사람이 살아가는 맛은
바쁜 일상 속에서 머무는 것이지만
아침저녁 모두가 한마음이 되어
모두 재래시장을 찾는다

손님들로 붐비는 상점마다
발 디딜 틈 없고
주인과 떼를 써가며
거래에 열 올려도 부끄럽지 않다
넉넉한 인심과 넘치는 사랑
양손에 가득한 선물
훈훈한 입김 되어 좋다

지난 추억 떠올리며
엄마 손잡고 산 물건 바가지 썼다고
밤새 상점주인 미워했던
그 시절이 그립다
재래시장 머물다 보면
생의 지혜와 삶의 맛이 느껴진다

영흥대교

흐르는 물살에 매달려
화려한 조명 번득이며 찾아든 안식처
풋풋한 정이란 끄나풀은 간곳없고
삭막한 인생의 삶이 출렁출렁
수평선 가르며 맴도는 여객선
세계 일주 그리는 바닷풍경

어부들의 뱃고동소리 울려 퍼지고
반가이 찾아온 손님
이놈 참 싱싱하네
저놈도 맛나게 생기고
나룻배 한 척에 머무는 삶
활기찬 미래의 보금자리

쥐불놀이

정월 대보름이라
깡통에 구멍이 송송
잔가지 가득 넣어
휘휘 휘둘리며
온 동네 날려 버린다
나이만큼 빌어보는 소원에
볏짚이 타들어 가네
어릴 적 소원은
공부 잘 해주세요
누구나 같은 소원
땅콩에 호두
기발기 술에 하얀 쌀밥
내 더위 물럿거라
온갖 부스럼 날아가라
따 아악 깨물어 보네
갖가지 인생 속에 피는
정월 대보름 잔치가 열렸다

선거

이룬다는 일념으로
꼭꼭 내세운 공략
목표를 앞에 두고
밤새 지난 폭풍
종이 한 장의 차이지만
안타까운 현실의 삶
당락의 희로애락도 잠시
스치며 지난 인연인데
새 나라 거머쥐고 갈 일꾼
당신들의 꼭두각시는 되지 말아야지
늘 가슴 속에 뇌이지만
파고드는 전율 한 점
당신들의 공략을 바라며
함께 지고 갈 운명의 길

고추잠자리

먼 여행길 타고 날아와
눈앞에 맴돌며 하늘거린다
잡아보려 손짓하면 휙 날아가 버리고
냉철하게 돌아서 버리지만
다시 돌아오는 너

우리 사랑이 그런가 보다
돌아서면 아쉽고
만나고 나면 이별이 두렵고
언제나 그 자리 차지할까

하늘 높이 쫓아가
너를 확 낚아채
내 가슴에 품고 싶다

고스톱

하나에서 열둘까지
돌려지는 각 장의 패
머리가 터질 것 같은 욕심이 생긴다
이번엔 이겨야지
싸고 먹고 광박 피박에 고 박까지
아
인생은 구름이라
흐르는 세월따라 가버린 낙장
한패만 물리면 안 되겠지
돌이킬 수 없는 시간
톱니바퀴처럼 잽싸게 땡겨
훨훨 날아가고 싶어라

선운사

사계절 송악의 푸름이
작설차의 향긋한 향기에 빠져
아름다운 동백나무 숲에서
넘어가는 시절을 낚으며
키가 큰 장사송 소나무
하늘 끝이 무성하다

돌 위에 세워진 마애불상은
동양 최대의 누각으로 남아
도솔암의 정자는 무아지경

동백나무 군락지와 기암괴석
해지는 낙조대
그 또한 얼마나 아름다운가
빨간 꽃무릇의 정열
복분자 한 잔에 취기가 올라
인생 꽃과 어우러져
한 백 년 삶의 터전이 되리라

비아그라

힘없는 사람들의 엔도르핀
말만 들어도 기운이 넘치고
보기만 해도 생기가 돈다

당신의 힘을 한 아름 안겨줄 것이라
자양강장제 보약도
마음먹기 나름인데

돈 없고 권력 없는 인생도
비아그라 앞에 선 용기가 생긴다

당신의 위력에 빠져들어
새로운 세상의 맛을 엿보리라

폭설

밤하늘 무성하게
별빛을 잘라놓고
하얀 꽃가루 타고 내려온 선녀
대지를 하얗게 덮어버린 당신의 모습
아이들 발등에 불이 나며
강아지 덩달아 맴돈다
달력이 바뀌면서 새해가 돼
욕망도 많고 욕심도 많지만
하얀 폭설 앞에 근심 걱정만 생긴다
부모님은 자식 걱정
자식은 부모님 걱정
삶이 아름다운 길목에
좋은 일만 가득하기를 기다려본다

떡국

만물이 소생하는 이른 봄
민족의 대이동이 시작되며
하얀 긴 가래떡
무병장수 의미를 준 당신의 생일
한 그릇 더 추가하여 입으로 들어간다
지난 시간에 아쉬움 주고
가신님의 영정이 그리운 아침
핑계 아닌 핑계로 가신님 보고 싶어
눈물이 샘 솟는 날
살아 실제 효도가 그리운 자식
살면서 후회를 해도 지나버린 세월
당신의 나래에 떠밀려
나그네 인생길에 늘어만 가는 나이

돈가스

도톰한 살점에 베이는
구수한 향기
당신이 파 놓은 구덩이에
풍덩 빠진 날
바삭 튀겨 살덩이 되어 튀어 오르면
긴 구멍 속에 파고드는
허기진 뱃고래
한 뼘 남짓한 당신의 신비 속에
온갖 오물 덮어쓰고
바깥세상 벗 삼아
굽이굽이 깊은 골에 영유하다
툭 하고 떨어진 골짜기

백두대간 완주하고

첫걸음마 배우듯 그렇게 힘들게 한 걸음 두 걸음
당신 찾아 헤매던 세월 지리산에서 시작한 것이
봄에는 파릇파릇한 풀 향기에 당신과 나들이하고
여름에는 시원한 솔바람과 예쁜 꽃들이 당신을 안아주고
가을에는 낙엽 지는 등성이 찾아 바스락거림의 소리에 시인이 되고
겨울에는 온 세상 하얀 눈밭에 앉아 요염한 나태 그리며
집채보다 더 큰 바위와 씨름하며 물 건너 산 넘어
쉴 새 없이 넘나든 백두대간 산행길
지리산 덕유산 속리산 조령산 소백산 태백산 설악산
진부령을 종주하며 오른 이백팔십 삼 개의 산속
수많은 봉우리마다 붙여진 이름
참으로 대단한 임이시여
당신이 있어 행복한 시간 속에 머물며
긴 세월 삶의 향기 건져 올릴 수 있어 행복했습니다

순천만 갈대

까만 갯벌에 한 송이 꽃
하늘거리며 날아오른다
움츠렸던 기지개 활짝 펴들고
골짜기에서 하늘로
그리운 임의 향기 찾아 나선다
눈 꽃송이 휘날리며
어서오라 손짓하네

애닲은 삶의 언저리
갯벌을 누비고 다닐 땐
조가비 한 개로 배를 채우며

고깃배 통통거리며 만선을 외치며
어라 둥둥 어깨춤사위 부딩키며
풍년을 노래한다

순천만 갈대숲
아름다운 인생의 꽃망울
하늘 높이 용솟음쳐 올라보자

바람이 분다

술렁술렁 바람이 분다
떠나가는 아쉬운 바람도
뜨겁게 맞이하는 바람도
저마다 바람에 술렁인다
정열의 불꽃으로 피어날 바람
포부와 욕심의 굴레를 삼키며
화려한 금수강산에
바람이 분다

잘난 사람도 못난 사람도
이 바람을 맞으며
새로운 기분으로 축하와 경이를
모두가 한마음 되는 염원을 기리며
활기찬 미래를 여는
바람을 맞이하자

겨우살이

나뭇가지 위 새초롬히 자리한
바람 불면 획 날아가 버릴 듯
보기만 해도 안쓰러운 넌
내 것이 아닌 다른 가지에
붙어사는 이파리 하나
노란 새싹 피어 무성한 잎이
낯설고 물살은 곳에 자리하며
살아온 세월
너와 난 다를 바가 없구나
꽃같이 아름다운 청춘
기대고 부대끼며 살아가는 인생
평행선을 이루는 삶의 터전에
밝은 햇살 비추리라

단풍

가슴 시린 속을 내보이듯
붉다 못해 토해내는 선혈처럼
어루만져도 엉클어진 그림자
밟아도 밟아도
아픈 줄 모르고 뒹굴다

향기도 없는 것이
깊은 맛 우려
우아한 자태
참고 견딘 세월만큼
깊어가는 속 울음

강천산

명산중의 명산으로
강천사와 금성산성의
호남정맥의 내장산과 잘 어울어진
강천사와 금성산성이 어울어진
계곡마다 흐르는 풍경이 장관이로세
바위와 폭포수는 십년묵은 찌꺼기까지
말끔이 씻어 후련함 마음
쏴악 쏴악 내리는 병풍바위
안개꽃으로 한층 더 격을 높혀주고
엄마 품속같이 포근한 어미바위
부도전의 진귀한 보석에
왕자봉의 온화한 모습
낙엽이 두둑히 깔린 강천사 인생
현수교(구름다리) 휘청거림에
가슴 속이 짜릿짜릿하다
간간히 핀 진달래로 아쉬움을 뒤로한채
이내 발길 돌려 다음을 기다려본다

선달산의 구름

어디서 왔다 어디로 가는가
살그머니 다가와 곁에 머물더니
어느새 저만큼 멀어진 당신
티 없이 맑은 하늘
몽실몽실 피어오른 당신의 존재
말없이 와서 사라지는 당신 앞에
가슴 밑바닥까지 흐르는 진한 사랑
채 피우지 못한 인생의 나들목에
짧은 삶의 길 모퉁이 돌아보니
당신이 흘러간 자리에
또 하나의 구름이 되어
온 누리 감싸 안으며
덧없는 세월의 무게만큼
허물어지는 마음

山 그림자

박미향 시집

초판 1쇄 : 2013년 11월 30일

지 은 이 : 박미향

펴 낸 이 : 김락호

디자인 편집 : 한지나

기 획 : 시사랑 음악사랑

인 쇄 : 청룡

연 락 처 : 1899-1341

홈페이지 주소 : www.poemmusic.net

E-Mail : poemarts@hanmail.net

정가 : 10,000원

ISBN : 978-89-91664-72-2